O AZUL DE LAURA

REFLEXÕES SOBRE A ANCESTRALIDADE NEGRA

Editora Appris Ltda.
1.ª Edição - Copyright© 2022 dos autores
Direitos de Edição Reservados à Editora Appris Ltda.

Nenhuma parte desta obra poderá ser utilizada indevidamente, sem estar de acordo com a Lei nº 9.610/98. Se incorreções forem encontradas, serão de exclusiva responsabilidade de seus organizadores.
Foi realizado o Depósito Legal na Fundação Biblioteca Nacional, de acordo com as Leis nos 10.994, de 14/12/2004, e 12.192, de 14/01/2010.

Catalogação na Fonte
Elaborado por: Josefina A. S. Guedes
Bibliotecária CRB 9/870

S384a
2022
	Schubert, Silvana Elisa de Morais
	   O azul de Laura : reflexões sobre a ancestralidade negra / Silvana Elisa de Morais Schubert. - 1. ed. – Curitiba : Appris, 2022.
	   30 p. : il., color. ; 21 cm.
	
	   ISBN 978-65-250-2110-2
	
	   1. Literatura infantojuvenil. 2. Negros – Identidade racial. 3. Famílias negras. I. Título.
	
	                                        CDD – 028.5

Livro de acordo com a normalização técnica da ABNT

Appris
editora

Editora e Livraria Appris Ltda.
Av. Manoel Ribas, 2265 – Mercês, Curitiba/PR – CEP: 80810-002
Tel. (41) 3156 - 4731
www.editoraappris.com.br

Printed in Brazil
Impresso no Brasil

SILVANA ELISA DE MORAIS SCHUBERT

O AZUL DE LAURA

REFLEXÕES SOBRE A ANCESTRALIDADE NEGRA

Appris
editora

FICHA TÉCNICA

EDITORIAL	Augusto V. de A. Coelho
	Marli Caetano
	Sara C. de Andrade Coelho
COMITÊ EDITORIAL	Andréa Barbosa Gouveia - UFPR
	Edmeire C. Pereira - UFPR
	Iraneide da Silva - UFC
	Jacques de Lima Ferreira - UP
	Marilda Aparecida Behrens - PUCPR
ASSESSORIA EDITORIAL	Manu Marquetti
REVISÃO	Bruna Fernanda Martins
PRODUÇÃO EDITORIAL	William Rodrigues
DIAGRAMAÇÃO	Yaidiris Torres
ILUSTRAÇÃO	Sil Schubert
	Allana Schubert
	Nadine Bertanoli
CAPA	Sheila Alves
COMUNICAÇÃO	Carlos Eduardo Pereira
	Débora Nazário
	Karla Pipolo Olegário
LIVRARIAS E EVENTOS	Estevão Misael
GERÊNCIA DE FINANÇAS	Selma Maria Fernandes do Valle

A meus sobrinhos, sobrinhas, afilhados e afilhadas;
também a Joaquim, Nina e Sofia, que agora fazem parte das nossas histórias;
e a Maria Eduarda, que ainda está no forninho, espero que seja negra!

UMA HISTÓRIA DEDICADA A...

O azul de Laura é o do chocolate gostoso, do café quentinho, do barro que Deus usou para formar o homem.
É o azul da família de Laura.
O mesmo e variado azul dos pretos e pretas...
Pretinhos e pretinhas que brilham por aí.
— Olhe para você! — Disse a mãe de Laura — Assim como sua família, você é azul; é pretinha, sim!
Laura descobrirá que seja por fora ou por dentro, no nariz ou no cabelo...
... No nome ou na tonalidade do azul:
"Sua ancestralidade resiste!"

APRESENTAÇÃO

Este livro aborda um tema importante e real para a maioria das famílias negras do Brasil: nossa ancestralidade, seja pura ou misturada, precisa ser foco de ensino não apenas nas instituições, mas carece ser "muito bem" trabalhada no seio familiar.

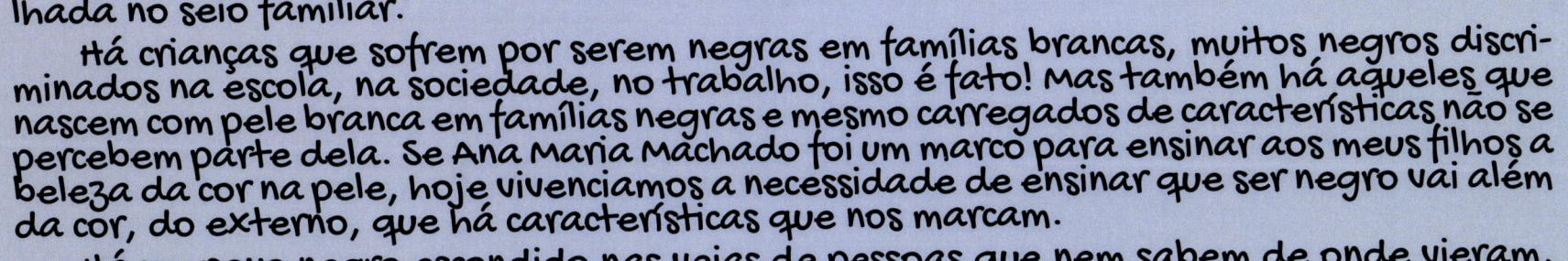

Há crianças que sofrem por serem negras em famílias brancas, muitos negros discriminados na escola, na sociedade, no trabalho, isso é fato! Mas também há aqueles que nascem com pele branca em famílias negras e mesmo carregados de características não se percebem parte dela. Se Ana Maria Machado foi um marco para ensinar aos meus filhos a beleza da cor na pele, hoje vivenciamos a necessidade de ensinar que ser negro vai além da cor, do externo, que há características que nos marcam.

Há um povo negro escondido nas veias de pessoas que nem sabem de onde vieram, mas podem se descobrir! Portanto nossa ancestralidade resiste!

Laura é real... trata-se de uma história das nossas verdades cotidianas em uma família colorida e sobretudo AZUL... MAS NO TOM AZUL de LAURA.

A autora

TUDO COMEÇOU NO DIA EM QUE LAURA
DEITOU-SE AO LADO DA TIA.
LAURA NÃO ERA AZUL...
MAS A TIA DE LAURA ERA.

NÃO UM AZUL COMUM: COMO DO CÉU E DO MAR
QUE ÀS VEZES FICA VERDE E ATÉ CINZA...
MAS ERA O AZUL DE LAURA!

AS PEQUENAS MÃOS,
COMPARADAS ÀS MÃOS DA TIA,
LHE CAUSARAM ENORME TRISTEZA:
— EU NÃO SOU AZUL?
NINGUÉM SABIA O QUE SE PASSAVA COM LAURA,
MAS ELA SABIA... "QUERIA SER AZUL COMO A TIA"!

NÃO ERA O AZUL DO SOL...
... NEM DAS FOLHAS DAS ÁRVORES...
... NEM DO SANGUE ESCORRENDO NO JOELHO MACHUCADO...
MAS ERA O AZUL DE LAURA; FORTE, SEGURO E LINDO! ESTAMPADO NA SUA PELE... ERA ISSO QUE ELA QUERIA!

LAURA SAIU COMPARANDO:
MURILO, O PRIMO, ERA AZUL!
A MÃE DE LAURA TAMBÉM ERA AZUL; MAS O PADRINHO DE JEITO ALGUM! ERA BELO, MAS NÃO ERA AZUL!
A ALLANA ERA AZUL, MAS NÃO ERA AZUL A BELA ISABELLA!
O OTÁVIO ERA AZUL, MAS ELA... NÃO!
ELA NÃO ERA!

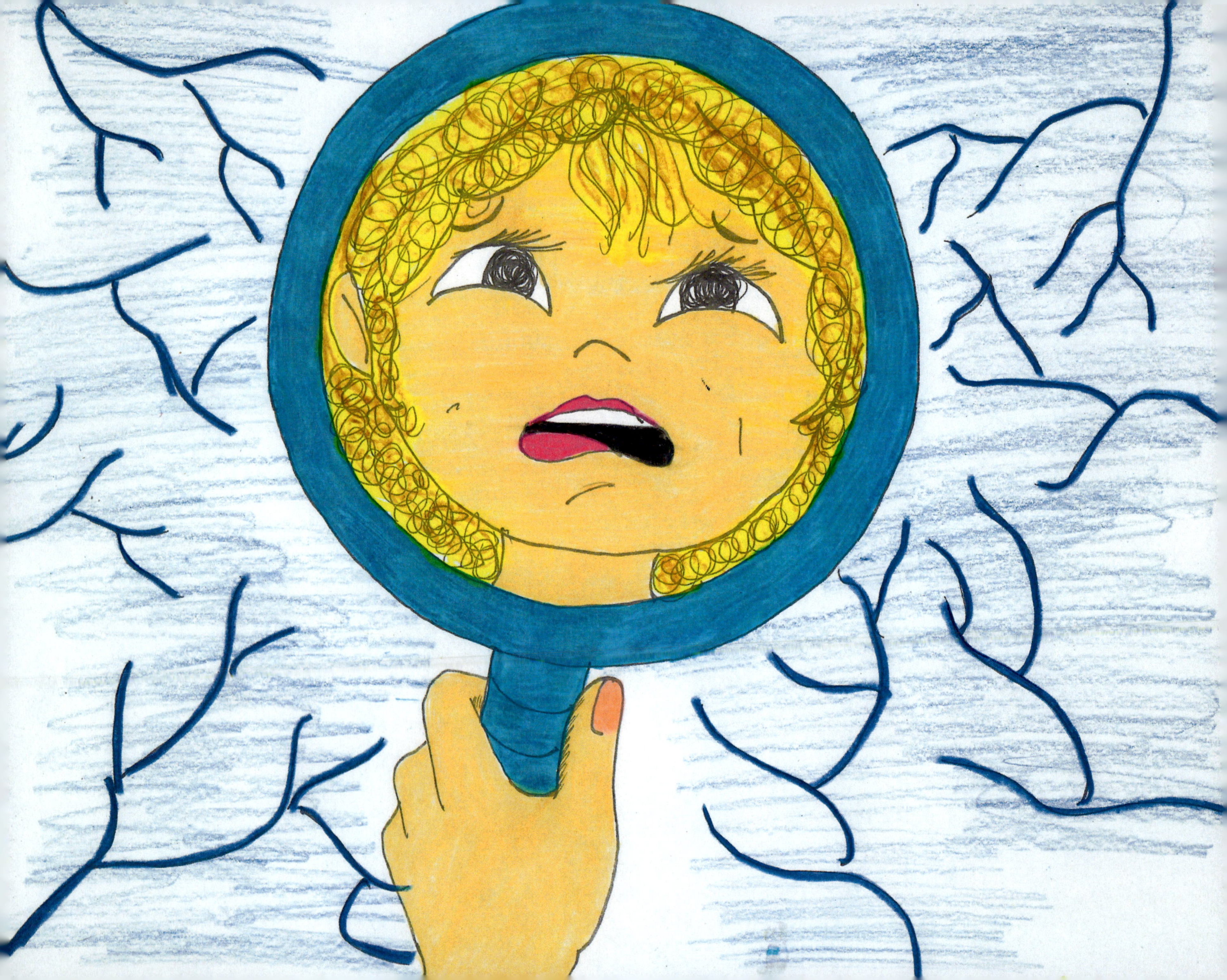

O ESPELHO MOSTRAVA,
ELA NÃO BRILHAVA!
— QUEM BRILHA É QUEM
É AZUL! — ASSIM DIZIA LAURA.
KAYKE NÃO ERA AZUL,
NEM A LIZ ERA AZUL...
MAS LAURA QUERIA SER!
ELA QUERIA SER AZUL,
NÃO ERA UM AZUL TÃO SIMPLES
QUANTO O AZUL DOS CÃEZINHOS DA MADRINHA,
ELA QUERIA SER MAIS AZUL!

NÃO QUERIA SER AZUL COMO AS ROSAS
E SEUS ESPINHOS... NEM COMO O BOTO...
MAS O AZUL DA TITIA, DO AVÔ, DA AVÓ,
UM AZUL VERDADEIRO!
QUEM PODERIA AJUDÁ-LA?

TENTOU PINTAR-SE DE AZUL!
OS PRIMOS A AJUDARAM,
MAS O AZUL DE LAURA DE TÃO FALSO SE DESFEZ DURANTE O BANHO!
LAURA NÃO ERA AZUL?!
COMO EXPLICÁ-LA?

CERTO DIA, PERCEBEU-SE A AMARGURA DE LAURA, E A TIA, QUE ERA AZUL, TENTOU DAR-LHE RAZÕES PARA SE SENTIR BELA, MESMO DE OUTRO TOM.

— LAURA, VOCÊ É AZUL, SIM! MAS É DE UM AZUL DIFERENTE. SEU AZUL É COMO O DO SEU PAI, VOCÊ É TÃO LINDA QUANTO ELE.
VEJA QUE SER DESSE TOM AZUL NÃO É O QUE ME DEIXA LINDA, MAS É O JEITO QUE VOCÊ ME AMA! OLHE BEM PARA O SEU AZUL!

ELE VEM DO LADO DE DENTRO, POIS VOCÊ É DA NOSSA FAMÍLIA, UMA FAMÍLIA DE TOM AZUL!

COM OLHOS, NARIZES, BOCAS E DENTES CARACTERÍSTICOS DE QUEM NASCEU PARA O AZUL, MESMO QUE NEM SEMPRE APAREÇA TÃO FORTE NA PELE.

LAURA REFLETIU E OLHOU-SE NO ESPELHO. AZUL?!

CORREU PARA EXPLICAR À MAMÃE QUE O AZUL DA SUA TIA ERA DE UM TOM ESPECIAL...
... TÃO AZUL QUANTO O CHOCOLATE AO LEITE...
... O CAFÉ COM SUA FUMACINHA...
... O BOLO DE CHOCOLATE.
O MESMO AZUL DOS CÃEZINHOS QUE A TIA TINHA NO QUINTAL (CLARO QUE ELES ERAM DE UM AZUL UM POUCO MAIS CLARO, PORQUE COMPARADO AO AZUL DE PÉROLA NEGRA, A CACHORRA PINSCHER PRETA, ESTAVAM LONGE DE SER TÃO AZUIS, MESMO QUE FOSSEM DA MESMA FAMÍLIA).

Laura olhou os demais e, num grito de alegria, passou a amar também o azul de suas características e o azul de sua pele.
Afinal, na caixa de lápis de cor, há azuis para todo tom, para todo gosto, para toda pele, para toda gente e para todo amor; mas no final todos são lápis e a caixa é a mesma, se tirá-los da caixa ainda são do mesmo material e não deixam de ser azuis — com seu valor!
Todos diferentes, mas para Laura são azuis.

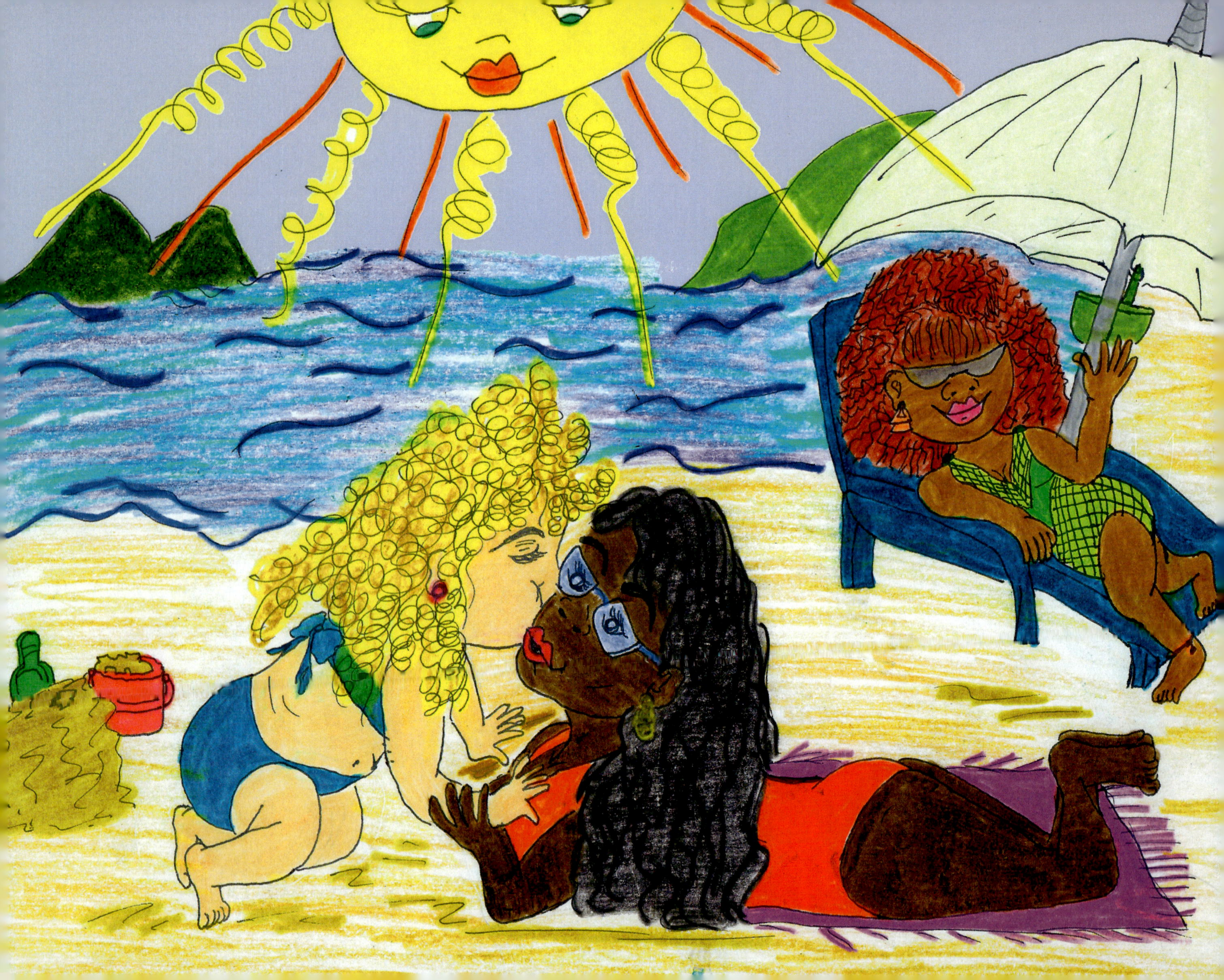

SERÁ QUE LAURA APRENDEU?
É CLARO QUE SIM!
COM SEUS CABELOS AFROS
E DOURADOS VIVE CORRENDO AO SOL,
ADORA ANDAR NA PRAIA,
POIS APRENDER NÃO A FEZ DEIXAR
DE QUERER UM NOVO E MAIS FORTE AZUL!
SABE QUE QUANDO CRESCER
E TIVER QUE MARCAR (X),
ELA VAI QUERER ASSUMIR O AZUL DE SUA FAMÍLIA:

(X) PRET@
(X) PARD@
LAURA JÁ SABE QUE O AZUL NÃO ESTÁ SOMENTE DO LADO DE FORA, MAS CORRE NAS SUAS VEIAS, NAS SUAS CARACTERÍSTICAS E MORA NO SEU CORAÇÃO.

LAURA APRENDEU QUE É AZUL, NÃO IMPORTA O QUE DIGAM!
ESSE É SEU MAIOR ORGULHO...

PARA NÃO ESQUECER:

O azul de Laura é o do chocolate gostoso, do café quentinho, do barro que Deus usou para formar o homem.
É o azul da família de Laura.
O mesmo e variado azul dos pretos e pretas…
Pretinhos e pretinhas que brilham por aí.
— Olhe para você! — Disse a mãe de Laura — Assim como sua família, você é azul; é pretinha, sim!
Laura descobriu que seja por fora ou por dentro, no nariz ou no cabelo…
No nome ou na tonalidade do azul:
"Sua ancestralidade resiste!"

SIL SCHUBERT ALLANA SCHUBERT MOTTA NADYNE BERTANOLI

Laura, Isabella e Julinha ajudando na produção